DIÁSPORA NÃO É LAR

nina rizzi

nina rizzi © 2025

Todos os direitos reservados
à Pallas Editora e Distribuidora Ltda.

EDITORAS
Cristina Fernandes Warth
Mariana Warth

COORDENAÇÃO EDITORIAL E CAPA
Daniel Viana

REVISÃO
Ana Clara Werneck; Joelma Santos

IMAGEM DE CAPA
Larissa de Souza, *Sou maior do que posso ver*
Tinta acrílica, bordado e aplicações sobre linho 90 x 122 cm, 2023

Este livro segue as novas regras
do Acordo Ortográfico da Língua Portuguesa.

DADOS INTERNACIONAIS DE CATALOGAÇÃO NA PUBLICAÇÃO (CIP)
(CÂMARA BRASILEIRA DO LIVRO, SP, BRASIL)

Rizzi, Nina
  Diáspora não é lar / Nina Rizzi. -- Rio de Janeiro : Pallas Editora, 2025.

  ISBN 978-65-5602-145-4

  1. Poesia brasileira I. Título.

24-225954   CDD-B869.1

Índices para catálogo sistemático:
1. Poesia : Literatura brasileira B869.1
Cibele Maria Dias - Bibliotecária - CRB-8/9427

PALLAS EDITORA E DISTRIBUIDORA LTDA.
Rua Frederico de Albuquerque, 56 — Higienópolis
CEP 21050-840 — Rio de Janeiro — RJ
Tel.: 21 2270-0186
www.pallaseditora.com.br | pallas@pallaseditora.com.br

para minha mãe,
todas elas.

Sumário

- 9 apresentação
- 11 sankofa, em lugar de prefácio

1. ilê

- 14 algumas histórias começam pelo meio
- 15 há um grande passado
- 16 mãe, que que cê queria
- 17 é uma pena que não houvesse alguém
- 19 cidade alta
- 20 malsimioto
- 21 todas as patroas de minha mãe
- 22 minha mãe era faz-tudo na mal-assombrada casa-grande
- 24 morei na zona rural até uns 11 anos
- 26 tenho ódio dos corredores
- 27 me perseguiam na escola porque disse pra galera
- 29 meu primeiro amor menino
- 31 e o cleitim
- 32 e o mário nem era menino
- 33 não sai da minha cabeça
- 34 salve regina
- 37 a terapeuta imaginária não quer saber
- 39 foi logo ali
- 40 uma rasura na paisagem
- 42 não esquecer nunca
- 43 happy end

45 **2. diáspora**
46 olha, minina, cê pode até enganar cego
47 ainda a queda do céu
49 estou numa lã-rause;
51 à calunga-grande num falta sede
52 talvez essas águas sejam salgadas
53 mulunga minina,
54 disse que
55 vade-mécum
56 eu vi uma foto da casa-grande do poeta na etiópia
57 what happened was my fucking life
59 Race isn't race
60 Iansã,
61 Detrás de los ojos
63 Coisas que num gosto não
64 Eu, Euzinha
65 De um tudo já me chamaro a mim:
67 Mammie & Minnie
    ~o blues está chamando meu nome~
70 [as que chamaro analfabetas]
71 pro moleque dos desenho
74 na minha quebrada ninguém leu
77 Cheguei

79 **3. orí iwaju**
80 antes de qualquer ninguém
81 o gozo

82   canção, em lugar de tradução
84   diáspora não é lar
87   Ogiri èkun
88   estou atrás de uma cortina
90   pastoral da ribeira
92   kandandu pa'ela
93   [um joão]
94   — E o que farei se tudo isso se perder da memória sem nunca ter sido entendido?
96   já fui mais aperfeiçoada
98   Òyà oriri
100 você pode amar o calor do fogo
101 oxóssi uma escala acima
102 êh lá em casa êh
103 exu kalimbê
104 aquele tipo de mulher
105 sei-me a sol
106 evelane vestida de peixes
108 orisun oro
109 falo de um outro futuro

111 algumas notas sobre termos em yorubá

115 pra terminar, um falatório pra começar

apresentação

Diante da falta de um lar, nos cabe o invento. Criar formas de viver, cantar e dançar que recomponham as possibilidades de comunhão. Não penso em pertencimento, paraísos a serem alcançados, mas nos momentos em vida em que se rompem as ilusões de estaríamos sós. Compreender uma existência na qual somos únicas porque estamos em comunidade, refazer laços e as relações com as lembranças. Assim o presente é possível.

Viver na diáspora nos ensina um desequilíbrio delicado entre o que nos foi negado e a audácia de reconhecer e tomar o que é nosso. É com esse gingado que nina rizzi nos propõe um passeio pela memória, com considerações sobre diversas experiências de maternidades, movimentos de dança e exercícios de tradução e imaginação.

A conversa transatlântica se espraia nos poemas em pretuguês, nas reflexões sobre a possibilidade de liberdade e aquilombamento, vagueia nas vozes de Nina Simone e Elza Soares, celebra as cores e traços de Manuela Navas e Edson Ikê. Na ausência de um destino a ser alcançado, de um lugar para retornar, a poeta está. Ouve as vozes do campo e das quebradas, as batidas de ataques e do hip-hop, aprende com as mais velhas leitoras de folhas e baila com seus Orixás. Travessia e movimento.

A diáspora não nos oferece um porto seguro; no entanto, nada nos impede de criar refúgios, santuários, recantos. Duradouros como amizades, breves como uma festa, companheiro como um livro. Talvez, ao aceitar a desorientação e confiar nas vozes e nas belezas que nos falam com mais nitidez no escuro, possamos conhecer onde há abrigo para nós. No meu caso, é uma alegria perceber que encontro guarita nas poemas de nina rizzi.

Stephanie Borges
é poeta e tradutora. É autora de
Talvez precisemos de um nome para isso
(Cepe, 2019) e da plaquete bilíngue
Made of Dream/Feito um sonho
(Ugly Ducking Presse, 2023).

sankofa, em lugar de prefácio

> *eu vim de uma linhagem de mulheres artesãs*
> *mulheres negras e pobres, sempre tivemos que fazer de tudo*
> *... até hoje eu faço o que eu preciso fazer*
> *— Manuela Navas*

manu
não tenho fotografias de infância
a não ser aquelas em que choro
ao lado dos robôs maiores que eu
em cima da poltrona com a manta cheia
de babados maior que minha cama

uma fotografia que minha mãe convenceu a ser
tirada pelo fotógrafo particular de sua patroa
te pago quando receber, moço

nunca paga, como também não foi
aquela fotografia tirada na alfabetização
uniforme de escola pública
cabelos alisados na chapa quente
pela professora
fica mais apresentável e bonita, né

que pena não oferecer uma cena de quebrada

para você pintar minha história
mas nada mal, tudo bem
suas gentes outras todas
são cenas de nossa história coletiva
é feliz, é alegre, é bonito, é adinkra, somos

1. ilê

É preciso a imagem para recuperar a identidade.
Tem que tornar-se visível,
porque o rosto de um é o reflexo do outro,
o corpo de um é o reflexo do outro e, em cada um,
o reflexo de todos os corpos.
— *Beatriz Nascimento*

algumas histórias começam pelo meio
porque ninguém quer ouvir o começo
mas a minha história começou
antes de começar

há um grande passado
pela frente

mãe, que que cê queria
além de comer o manjar branco?
com que que cê sonhava
além de ter amor no fim do dia?

a gente só sabe que cê era
uma trabalhadora rural e doméstica

minha filha de eu, minha primavera
preciso tanto te conhecer, mãe

é uma pena que não houvesse alguém
lá atrás em becos escuros
que me abraçasse a alma e não o corpo
[tantas meninas pobres no mundo]
pra dizer
ei, vai ficar tudo bem

não é sempre fácil olhar pra quem éramos
conversávamos eu e a.
o caminho do olhar de aqui pra trás é tão longo
ras gan te - des li za a a a
e o pensamento faz esse percurso num instante tão
    curto...

é preciso um luzeiro no olhar, um escarafunchar
    caminhos
se abraçar agora também e a menina de antes

[e a gente olha, olha ela, ela ainda está aqui
quando precisamos saber quem - também - somos
em quem se agarrar
onde voltar
— ou onde não voltar
mas respeitar o próprio caminho
é tão fácil amar o caminho dos outros
como se deixar deitar no próprio caminho
até ser ele toda e amar, amar?]

eu queria abraçar a menina que fui
queria tanto que ela soubesse que ia ficar tudo bem
— talvez soubesse sim um pouco
tamanha era a vontade de que ficasse tudo bem

sim, está tudo bem
ei, menina, ficou tudo bem
eu te abraço
eu me abraço

cidade alta

não temos problemas com gente preta e pobre
mas se não as há
ver não há problema

malsimioto

tão bunitim o mininim
ói que judiação
tão ainda bebezim
cuma provação
dessas, mãezinha

deve de sê hereditário, né
da raça desse cheiro
de preto nas dobra, suvaco, pé
qu'essa doença de macaco
de gente de cor, tudo cum bicheiro

todas as patroas de minha mãe
eram doutoras

embora nenhuma fosse
nem mesmo médica

nem mesmo advogada
ou doutorada

todas as patroas de minha mãe
eram herdeiras

brancas

minha mãe era faz-tudo na
mal-assombrada casa-grande
casa-grande da fazenda onde morávamos
e não podia sair de lá nunca, nunquinha
mas era fujona e fugia três ou quatro vezes por semana
e ia lá pras bandas da cidade
fazer faxina
no que chamam casa de família

como se nossa casa de dois cômodos a um quilômetro da casa-grande
também não fosse uma casa de família
como se
uma casa que esconde a religiosidade não fosse de família
uma casa rural não fosse de família
uma casa que recebe mantimentos dos vicentinos não fosse de família
uma casa mestiça não fosse de família
uma casa tão miserável não fosse de família

às vezes minha mãe me levava pra trabalhar com ela
eu odiava tanto, que me sentia em dívida com a vida
odiava
odiava os lençóis e toalhas tão brancas, mas tão brancas como pode?
os objetos que não serviam pra nada
os brinquedos que apitavam infernais como sirenes

as comidas com queijo podre
as privadas cheias de merda
os olhares
os cheiros

uma vez eu roubei um vidro de perfume
não sei por quê
se ódio, se vingança, se tristeza, se curiosidade
é como se diz, como se fosse da família
roubei e guardaria para sempre como um troféu
se minha mãe não tivesse me surrado e me obrigado
a devolver pra senhora sua patroa
sim, senhora, me desculpe, senhora, que me disse
se você trabalhar muito, um dia vai poder comprar um

dona, não há dinheiro que chegue numa casinha
    geminada
e quer saber mais, dona, essa coisa num é pra minha
    família não
essa coisa fede

morei na zona rural até uns 11 anos. e foi aos seis anos — tudo acontece quando se tem seis anos, e se não lembro a idade é que foi aos seis — que eu caí numa das maiores metáforas da minha vida. metáfora é um fato e é um cão e é um oráculo. lá na fazenda "recanto do amor demais" a mamãe, tão pura, criava porcos para abate, papai cuidava das plantações e do gado. era muito, mas muito gado. claro que não era nosso, nunca tivemos um chão, mas o patrão tinha esse chão imenso de gado e, num pedaço do chão, um silo — o silo é como uma piscina gigante que não dá pé pra nenhum gigante, que dirá pra mim, que não sou davi —, e era no silo que meu pai jogava toda a merda do gado. merda que era esterco pra plantação do patrão. o silo era como um subsolo num terreirão onde eu adorava fazer minhas primeiras giras de menina. roda, rodava, rodava, e de tanto rodar caí no silo. uma menina de seis anos rodando o àiyé num silo gigante de merda. mas eu tenho um asè fortíssimo e nesse dia o silo não estava cheio, então a merda só chegou até meu peito. olhava pra um lado e pra outro e tudo era merda. como quem tira um grão de açúcar cristalizado do fundo de uma garrafa de mel com o dedo mindinho, conseguia levantar uma perna e, quando ia levantar a outra... a primeira se afundava de novo e a merda ia até o pescoço. tentava com outra perna e nada. consegui sair depois de gritar e depois chorar e gritar e ficar rouca a nunca mais perder a rouquidão com ajuda de um boia-fria — minha infância era rodeada deles e de canavial e da roda e da merda. ele me jogou uma corda, coloquei na cintura e ele foi me puxando. levei uma surra da mamãe por ter sujado a roupa de merda e nunca mais caí naquele silo. mas a merda, essa metáfora e fato e cão e oráculo, ainda tá aqui: eu levanto uma perna, a outra se afunda.

> *eles também gostariam*
> *de ter bicicleta*
> *de ver seu pai fazendo cooper*
> *tipo atleta*
> *— Racionais MC's*

tenho ódio dos corredores
com seus tênis
brancos
correndo
sob a chuva de guarda-chuva

me perseguiam na escola porque disse pra galera
que não era nada legal se referir assim à dona marta
ela era diretora da escola onde terminei o ensino médio
eu nem gostava tanto dela e nem de menos ou de qualquer
pessoa ali na escola, talvez nem de mim naquela época sei lá
mas uma coisa é uma coisa e outra coisa é outra coisa

e aí eu fiquei com fama de *x9 da macaca*
e quando tacaram fogo nas cortinas da escola
e eu tava voltando do banheiro os moleques disseram cê vai vê só
eu achei que ia ser surrada, currada ou uma coisa mais bizarra, só que
espancaram o único garoto com quem às vezes eu conversava
e ele era um menino muito franzino, tímido e gay

fui na lata dos covardões
cês tão doido, maluco?
qué pagá de bandidão, aqui também tem!

nem sei de onde tirei a valentia
mas uma neguinha invocada
não tem nada de *x-9 da macaca*

disseram e até se desculparam com meu colega
quando ele voltou pra escola uns dias depois

e aí entendi que eu não era odiada
porque achavam que eu era caguete
mas porque eu parecia com a dona marta

a dona marta que ninguém chamava pelo nome
pra todo mundo ela era simplesmente macaca

meu primeiro amor menino

guilherme
o menino mais lindo
o guri mais pretinho
da quebrada

o guri que andava de rodinhas
porque tinha as pernas quebradas
para sempre

eu não sabia o que era
amor, quebrada nem nada
mas aquele pretinho me olhando
era puro charme

me olhando no primeiro
baile da minha vida
baile charme

derretida feito picolé
descia até o fim da rua
coração palpitando
aquela vontade encarnada
até amanhã talvez?

e o batuque charme se dobrar
num pá pá pá pá pá

o menino mais lindo
o guri mais pretinho
coração palpitando
sem amanhã talvez
os olhos no chão encarnado
a vida no fim da rua
derretida que nem picolé

e o cleitim

meu primeiro namorado
a pele da cor da madrugada
os olhos e dentes estrelando seu ser de céu

antes que desse meu primeiro beijo
sumiu atrás das grades

e o mário nem era menino
só sabia dizer
balança esse rabo, nêga
cê é nêga!
tem que balançar gostoso
cê num é a nêga do titio?

não sai da minha cabeça

o quarto da enfermaria
15 anos
a bebê no banho de luz
15 anos
e a menina com o corpo retalhado
à espera da morte

salve regina

hoje quando passava um creme na minha pele manchada
por causa dos hormônios dos filhos que perdi
lembrei de regina, seu nome de rainha, sua pele que
 parecia
sempre hidratada. ela havia perdido a mãe e morava
 numa fazenda
vizinha à minha. nem sua fazenda era dela e nem a minha
 era nossa
de verdade, nossas famílias cuidavam pros verdadeiros
 donos
e éramos aquela espécie de gente serva, sem salário e
 nem nada
que come o que planta e dorme na terra vermelha porque
 não
não tem um colchão, mobília boa só lá na casa-grande
onde as mulheres podem só limpar e jamais se sentar à
 mesa
ou dormir naquela cama macia. minha mãe adotou regina
que tinha pai e irmãos bêbados. "pegou para criar"
como se diz, porque ninguém ali tinha documentos
e pra que documentos, pra atestar a pobreza?
minha mãe cuidava da casa-grande, dos bichos pequenos
 da pequena
plantação. também fazia faxina na cidade, de onde trazia
 as minhas

roupas. eu amava ganhar roupas das suas patroas
    brancas, que sempre
eram muito perfumadas de um amaciante que eu nunca
    sentia em outro lugar
e tinha até pena de lavar depois. quando eram muito
    grandes, iam pra regina
três anos mais velha que eu e bem mais alta e bonita
    também
raramente, muito raramente, minha mãe comprava tênis
ontem ouvi uma música, "comprei um boot tão branco
que chamei de elenco da rede globo", eram tênis assim
não eram pra mim, eram pra regina, e me ressenti tanto
pensando: minha mãe gosta mais dela do que de mim
me ressenti de seu nome de rainha e do meu, fruto do
    estupro
minha mãe, minha mãe naquela época não sabia ou não
    tinha muito tempo pra me dar amor e ao me ver
    chorando respondeu
um dia você vai entender
e aí eu e regina fomos pra cidade desfilar seu boot na
    pracinha
alguns caras diziam: as duas são muito feias
mas pelo menos aquela não é *tão* neguinha
a gente se beijou escondida na piscina da casa-grande
    aquela noite
e meu pai me bateu, mas não bateu na regina

ele a chamava de regininha, ela não gostava porque era o nome
de uma atriz pornô branquela. depois de madrugada papai foi no meu quarto
passou a mão no meu peitinho, que não era bem um peitinho
disse que não ia mais me bater, e não bateu mesmo
ficou doente e não conseguia levantar mais nada
hoje quando passava um creme na minha pele manchada
por causa dos hormônios dos filhos que perdi
tantas poemas depois, o feminismo negro depois, a mulheridade agora
lembrei que minha mãe, minha mãe que naquela época não sabia
ou não tinha muito tempo pra me dar amor, ela tinha razão
um dia entendi

a terapeuta imaginária não quer saber
de lembranças felizes
a crítica literária imaginária não quer saber
de poemas de amor entre gente negra
lembranças de infância
não são sempre uma várzea do time ladeira abaixo
contra o chute no pâncreas

minha lembrança mais bonita, mais perene
não é o beco com seis casas de um cômodo e banheiro
    compartilhado
nem aquela de quando tinha 11 anos e um camburão me
    levou
pra falar com o juizado de menores e fiquei seis horas
    num catre
com um pm branquelo dizendo que eu iria mofar na
    cadeia
e chupar buceta de mulher gorda, preta e fedida

talvez eu não soubesse escolher muito bem
dizem que é coisa do meu signo
ó, subiu! posso sim escolher muito bem
entre os banhos na represa ou no latão de 50 litros
os sumiços no meio do canavial montada num cavalo de
    patrão
as bonecas de milho, de barro, de palito, de retalhos

as mangueiras, meu pai, as mangueiras puras
    encruzilhadas
os churrascos com samba, rap e marofa

escolho sim muito bem a noite
em que eu, meu irmão e dois colegas estávamos na rua
e passou uma veraneio com pms, eles sempre branquelos
e meu irmão me beijou na boca
porque maninha, os cana alivia namoro
os colegas se atracaram no muro
e ó, subiu! os cana nem tchum, porque afinal
um dos caras era cabeludo
olha, amor é tudo

ó! a terapeuta e a crítica nunca entenderiam
o ferro, a terra, a água, o canavial, o milharal, os trapos
a gente suada, rindo, comendo, bebendo, sarrando
nunca entendem mesmo o verbo
a estratégia que molda nossa pele

foi logo ali
meu cabelo todo suado
e a cara muito manchada
do sol
pedalando, cruzando a cidade
e chegando e brincando e se abraçando
com a pivetada na escola

foi logo ali
aquele sorriso
que eu tinha
era doismiliqualquercoisa

foi logo ali
quando a gente ria fora dos memes
quando a gente gozava fora da cama
quando parecia
que a gente ainda podia ser feliz

[Nos] tratam como gente é claro
aos pontapés [...]
ninguém é gente [...]
conheço o meu lugar
— Belchior

uma rasura na paisagem
essa neguinha
morando em cima
da ponte, não embaixo
olhando de volta
os corredores pela janela
as madames passeando toda neve
com seus cachorrinhos espelhos
os coroas fazendo ginástica

o mundo milico me olhando
com seus montes de dedos
os amigos pretos confundidos
com pedreiros, pintores, faxineiros
mas pelo menos não tão achano que vamo rôbar né
minha mãe tão feliz
tão feliz que cê tá bem, minha filha
levando os pães que fizemos juntas pra sua casa
o prédio todo parabenizando mainha
hoje a faxina foi boa, hein, que patroa boa, hein

é de rasurar fundo dentro

                                *

pular só se saci minina
cuidar desse orí
do jeito mais encarnado

'*você sabe bem*
ilé (re) olóore kì í jo tán

não esquecer nunca
eu sou importante

mais que o ardume
e o capim macio

eu sou importante
e nenhuma espada

nem ninguém vai
me atravessar

eu sou importante
é meu amor, é meu orí

que me atravessam
toda dentro

happy end
(variegação com alice sant'anna)

um poema feliz
alice seria
uma vida sem
gravi
cê sabe
alice ali
feliz

2. diáspora

Entre luzes e sons só encontro o meu corpo antigo.
Velho companheiro das ilusões de caçar a fera.
Corpo de repente aprisionado pelo destino dos homens de fora.
Corpo-mapa de um país longínquo que busca outras fronteiras
que limitem a conquista de mim.
Quilombo-mítico que me faça conteúdo das sombras das palmeiras.
Contornos irrecuperáveis que minhas mãos tentam alcançar.
— Beatriz Nascimento

olha, minina, cê pode até enganar cego
mas cê é da cor dessas mulher da madrugada

ainda a queda do céu

oi, mãe, te escrevo do norte, tô na amazônia
na vinda cruzei o interior do ceará
e passei em frente um rio chamado chorozinho
parece uma metáfora tão triste pra estes tempos
sei que não é boa hora pra falar de tristezas
que deveria te escrever e acalmar seu coração de mãe
que é importante amar e rir e gozar e espalhar flores
eu lembro a vendedora de flores que você foi
ainda sinto o cheiro das roupas da lavadeira que você foi
lembro o cheiro gostoso da doceira que você foi
sim, eu sei que a alegria é uma resistência, eu sei sim
mas, mãe, eu fico aqui olhando as rasuras
eu conto doismilitantos anos de golpe
quinhentosetantos anos de golpe
eu ouvi aqui que cada dormente é uma alma
dormente, mãe, são aqueles paus que ficam debaixo
dos trilhos das ferrovias e os indígenas iam à noite
    arrancar
os dormentes porque a estrada de ferro era construída
em suas terras e então os donos do poder colocavam
    coisas
pra dar choques nos indígenas e de manhã
eles estavam agarrados nos dormentes
todos mortos
cada dormente uma alma, mãe

e agora eu te escrevo essa cartinha e tem uma tv ligada
e o governador tá falando de boca cheia que precisam
    desapropriar
as terras indígenas porque eles não plantam e as pessoas
    precisam comer
e ele tem sangue nas mãos e no bigode, mãe
os padres e as caravelas de há quinhentosetantos anos
são a bancada evangélica e da bala de hoje
ah sim, mãe, vou te contar uma coisa bonita
um feitiço indígena, os cabelos de betânia, o cheiro dos
    cabelos de betânia
todas essas mulheres juntas e nadando fundo, contando
    suas histórias
e foi muita sorte eu ter conseguido ver o rio madeira
    porque
a construção da hidrelétrica fez tudo desbarrancar
não seria mesmo lindo se o rio lavasse tudo, mãe?

estou numa lã-rause;
andei procurando cartão de telefone
e não encontrei nenhuma banca (no centro)
vou ficar por aqui cerca de 40-45 minutos.

passei um final de semana péssimo;
me bateu uma tristeza (melancolia, pra você)
tão braba que nem passei na locadora
pra devolver "o passado". braba mesmo
não só por sua ausência. por tudo.
o muro e a comida cada vez mais cara.

não encontrar a banca e não ler os jornais
é um prêmio de consolação, divide comigo.

como vc está (acabo de descobrir que
a tecla da "interrogação" não está funcionando).
como foi em canindé [int.].
como foi o seu dia ontem [int.].
como está o sexo [int.].
tanta vontade ainda de te abrir a flor
te cheirar e te lamber inteira
como um país por conhecer e descobrir sozinha
vc ainda quer morar num sítio comigo [int.].

não dá mais pra esperar
o sistema vai me derrubar em minutos
não tenho nem mais um real.

o sistema nos derruba a todas
vc já viu quantas as gentes mortas [int.]

gostava que passasse em casa mais tarde
há tanto o que não deixar se perder
a alegria mais miúda, se agarrar em nós
mas me contento com uma cartinha
mesmo que em branco, tipo caiofa.
tchau. beijo. te amo.

à calunga-grande num falta sede
num falta água encarnada de sangue

talvez essas águas sejam salgadas
das nossas lágrimas
do nosso suor

mulunga minina,

uma raça no sul
outra no norte
e uma outra quando um branco te fode
'inda mais outra quando um preto te afaga

sempre minina na cama
sempre mulunga em toda via

num deixa nunca de ter uma raça, de num ter nada
num deixa nunca essa cicatriz de fronteira e fazenda

num basta num sê branca
se num é malunga, minina

reconhecida, feita mula
de cor e de nenhuma
qual o lado certo da tua cor
se a pele a olho nu te trai a furta-cor

num basta num sê preta, minina
tem que sê branca, mulunga

disse que
estar dentro de mim
se sentir tão dentro de mim
tingiu sua brancura
tornou-se um ser
del color de la sangre

e é tão bonito
e é tão poético
pero

com que verdade
a beleza e a poesia
poderia
atravessar nossas peles
nuestra historia

quando não importa
a roupa
os cabelos
o dinheiro
la pareja al lado

si soy siempre
aquella negrita sudaca

vade-mécum

ter sempre as notas fiscais

cuspir o choro
pisar as botas que te pisam a goela

saber correr, não correr
não ser morta

sair dos holofotes brancos
entrar na luminosidade negríssima

eu vi uma foto da casa-grande do poeta na etiópia

a foto do grande poeta
o grande homem branco
o pequeno enfant terrible

terríveis seus poemas
terrível o cânone
que não diz, não fala, não conta

terrível o traficante de armas
terríveis os corpos dizimados

entre eles quantos enfants terribles
que nunca existiram

what happened was my fucking life

transtornada
em sua individualidade radical

miss simone tomou
ansiolíticos
anticonvulsivantes
antidepressivos
antipsicóticos
hipnóticos
estabilizadores de humor
eletrochoques

(wanting and not wanting
all the same thing)

um mergulho contínuo no horror

todo mundo
escondia de toda a gente
a bipolaridade de miss simone

mas ninguém escondia
os episódios

pileques
brigas
casos de família
amantes
incidentes, acidentes, inconvenientes
toda a convulsão televisionada
agressiva, instável, lasciva
briguenta demais
fácil demais
desequilibrada demais
louca

not mammie
preta demais

Race isn't race

Jogue esta frase no google tradutor
Algumas traduções possíveis
Corrida não é corrida
Raça não é raça

Google nem é gente
Caso fosse esta tradutora
As opções seriam

Raça não é carreira
Fechem o mercado George Floyd

Iansã,
>   quando for mandar a chuva
>   tenha delicadeza, pensa só
>   um bucadim?

> Se

>   empolgue muito não
>   co' som d'água que cai,
>   co'essa luz sensacional
>   que atravessa a água

> Caindo

>   bem nimim debaixo d'água.
>   Despencando às pencas
>   essa água na luz

> Cegando

>   a mim a luz.

(*a partir de James Baldwin*)

Detrás de los ojos

Mas poderei dizer-vos que elas ousam? Ou vão, por injunções
muito mais sérias, lustrar pecados que jamais repousam?
— Ana Cristina Cesar

Detrás de los ojos de las dueñas de casa
¿Pero puedo decirte que se atreven? ¿O se vayan, por
 imposiciones
mucho más hogareñas, pulir pecados que nunca
 descansan?

*

Detrás de los ojos de las mujeres negras
¿Pero puedo decirte que se callan? ¿O se vayan, enlazadas
mucho más que atrapadas, resistir a la brancura
 transatlántica?

*

Detrás de los ojos de las mujeres indígenas
¿Pero puedo decirte que lanzan flechas? ¿O se vayan,
 enamoradas

mucho más acultaradas hacer niños mestizos, crear
   heridas que nunca se pulen?

*

Detrás de los ojos de les menines kuir
¿Pero puedo decirte que son monstruas? ¿O se van, por
   laberintos
mucho más monstruas, pulir pecados que no se ven en el
   espejo?

*

Coisas que num gosto não
[*a partir de "Things I Don't Like",
de Bessie Head*]

Eu sou negona.
Tá bão pra tu?
O sol tinino e linhas geográficas
Me fizero bem negona;
Por causa da minha parecença
Uma pá de coisas vem me fudeno
COISAS QUE NUM GOSTO NÃO
Porisso todo dia eu acordo
cum sangue nos zói
Esses pilantra me robaro
Robaro o quase-nada que eu tinha
Todo mundo assististino tudo
Ninguém faz nadinha
Tá bão pra tu?

Rá, mas, hum
Hoje é meu dia, mano
É dente-por-dente, vou tomar
Tudo o que me arrancaro.
Sair no braço até tu e eu
Bolar no chão cuspindo sangue,
Foda-se quem vai morrê, se tu ou eu,
Sair no braço memo, tlg?
Tá bão pra tu?

Eu, Euzinha

[a partir de "I, too", de Langhston Hughes]

Eu, euzinha, tamém canto "dises América"

Eu sou a irmã mais pretinha.
Eles me manda cumê lá na cozinha
Quando as visita chega
Mas eu gargalho,
E como tudinho,
E cresço fortona.

Amanhã
Vou sentá na mesa
Quando as visita chegá
Ninguém vai ousá
Dizê pra mim
"Vai cumê lá na cozinha"
Hahaha

Aí,
Eles vai vê como eu sô bunitona
E vai morrê de vergonha —

Eu, euzinha, tamém sô Américana

De um tudo já me chamaro a mim:
Essa uma aí só vévi pedino licença
Miserávi anônima, minina-mirim
Nortista réia, arre sonsa, ôxi ranhenta

Pro zôtro, nos zói î nas palavra
De um tudo sempre eu pude sê:
Menos istrêla, menos eu, só a descalavra
A infiliz que nunca invém pra acontecê

Mas óia que agora sô eu quem mim digo eu
Num tenho medo das palavra não, sinhô
Num sô essa uma que inmudeceu
E digo eu mesminha quem que eu sô

Nunca mais minvivo de mim duê não
Minvivo é dos chêro de suor nos metrô
Dô uma de doida î encho cês tudim de safanão
Mim inviro a baiana î faço macumba, dotô

Eu digo Olímpico, Rudrigo,
Sai pra lá seus raparigo
Arreda hômi!
Da minha aligria ninguém num come

Eu sô mais eu, muinto que dona das minha culher
Eu sô encruzilhada, preta-velha, Exu-mulher
Gargalho e danço, dano que dano
Pombagira-Macabéa, eu mim amo

Mammie & Minnie
~o blues está chamando meu nome~
[*a partir de Gayl Jones*]

Ela está cantando uma canção tão profunda
tão profunda
Como areia movediça
Um blues louco
Eu sou encarnada
Ela me chama de louca
Ela me diz: Você só pode estar louca
Eu respondo: Sim, eu sou louca
Ela se senta com as pernas abertas
Sua saia está levantada

Ela está cantando uma canção tão profunda
tão profunda
Como areia movediça
Um blues louco
Ela sorri
tão profunda
Como areia movediça
Um blues louco
"Sim, eu sou louca"
Eu me importo com você
Eu me importo
Eu me importo

Ela levanta uma sobrancelha
Levanta a outra

O blues está chamando meu nome
Como areia movediça
Um blues louco
Eu digo a ela que seria melhor
fazer algo com sua saia
Ela diz algo baixinho
tão baixinho
que nem consigo ouvir

Ela é tão escura
Às vezes uma boa escuridão
Às vezes uma escuridão ruim
Eu amo... eu a amo
como areia movediça
Um blues louco
O blues está chamando meu nome

para jamioy e maria

as que num sabe ler livros ou prantas?
tanto uma î outra traça î trago
sabem tudo, sabem bem

um dia dero um livro pra manhota:
dissero que ela num sabia nadinha

mai'noitinha
sentava junto da foguera
nas mão ia leno
as folha de mandioca
as ranhura î as bera

î seus beiço ia dizeno
tudo que nela se abria î via

*

dispois chorava co'as
mintira que lia
das asa da ave î de lábios de mel
num intregava muié ninhuma não
î dos bosque só dava taioba-braba
praqueles homi tudim

î inda mais dispois co'as
verdade que lia
chorava doida no ispaço
dorada borboleta im preno mar
î assobiaba albatróiz
î assobiaba albatróiz
levantano as teta preta
pra iscondê as penca de fi

os fi que dispois manhota chora
chora, disfarça î chora sem consolo
são tudo preto, vai sê
tudo preso lá onde ninguém vê
manhota chora î ninguém vê

*

î abria as pranta no chão
dum jeito que alumiava o céu
alumiava nóis tudim
quando seus beiço ia dizeno
tudo que nela se abria î via

[as que chamaro analfabetas]

pro moleque dos desenho
[*a partir de eve ewing e edson ikê*]

ei, dá um tempo na cachaça, moleque
co'a manga da sua camisa enrolada
vasculha o fundo dos armário pra passagem
do busão e uns chiclete
de boa é o cimento fresco
mete o pé
sai fora de mina que te trata que nem gambé
a caneta estourou e tem tinta no seu polegar
lambuza, moleque

deboa é textura depois dunzinho
camisolinha de náilon ornando co's pêlos
língua manchada de beijo, cangote xêrado
e um irmão que aparece num salve
barra só de chocolate

tirou aquele 8 daora em artes, moleque
cê mereceu, moleque
grava seu nome numa árvore
abraça sua vó no aniversário dela,
pensa em fortaleza quando o papoco tiver comendo
aquele mar de peixe banhado em camarão
abrigo
sol

o rolê mais lôco que cê já viu num livro
parceiros de jangada de palito de terror nêgolatino

traz as gravura, moleque
deixa na minha mesa
embaralha debaixo duns papel
e da prancha que grita
SIM
usa amarelo e vermelho pra imprimir o olho
do oceano que cê vê lá de cima
dum cinco estrelas

cê já achou que num era bom o bastante
sua mãe já achou que iriam rir
já teve uns pivete que riram
já teve os primo que pediram
olha pra tu, moleque

essa é que é a levada
a levada, a levada, a levada
flow e fitas, como aquela cabulosa
mil graus, mil fitas
batidas e embocaduras
até perder o fôlego
cê podia fazer rap tipo
explosão de miolos moles
tudo isso

até tu mesmo
se liga
só essa luz deixando seu zóim pequeno
escalando suas costelas

e cê ri no microfone como ri nas ilustra

quem que tá pronto pra isso, mano?

cê sempre teve, pô!
cê é meu moleque!

na minha quebrada ninguém leu
a última lista
de poetas que marcaram época

sinto diante de tudo que:
minha história individual não importa
a história coletiva
é a história do menino de 14 anos
um corpo negro, um corpo à margem
baleado pelas costas
tiros certeiros na cabeça
dados pela polícia e seu estado
são todos assassinos

eu olho pra minha história
plantações de café que plantei
museu do café onde trabalhei
terras improdutivas pelas quais lutei

eu olho pra história que estudei
pro curso de história
onde não tinha as disciplinas
história da ásia
história da áfrica
história indígena
história do povo

eu olho pra estes prédios
padres, faraó, sapa inca, cortéz, jfk, fhc, nguema
eu olho os quatro cantos de um planeta redondo
tiros, tirania, barbárie, tiros

eu queria ser uma poema-bomba
e incendiar cada camburão
cada rua com cada um de vocês
que gritavam lula-livre e cruzaram a calçada

omissos demais
cúmplices demais

na minha quebrada ninguém leu
a última lista
de poetas que marcaram época

estavam ocupados
coitados
sendo mais pobres que eu
mais pobres que continuam sendo meus irmãos
— preso por tráfico
— foragido por receptação

estavam ocupadas as mães
lendo no obituário que hoje não
hoje não foi mais um filho meu

tentando não ser bicho
tentando conseguir algum pra comer

fomos obrigadas a descer no seco, goela abaixo
escritores brancos, proprietários, héteros
da parte baixa do país

não lembramos de nenhum

estamos fazendo nossa própria época
escrita a bila
escrita a sangue
"querendo vocês ou não, isto é literatura"
voando livres como um curió, um carcará
incendiando tudo
cuspindo fogo no túmulo de vocês

Cheguei

> *não foi pedindo licença*
> *que eu cheguei até aqui*
> *— Baco Exu do Blues*

Cheguei aqui
Aqui nesse chão imundo
Cheguei andano
Cheguei limpano
Cheguei dançano

Que porra eu vim fazê aqui?
Que porra eu vim fazê aqui?
Vim dançá ou o quê?
Vim cantá ou o quê?

Ele disse limpa, mainha
Ele disse rebola, mainha
Ele disse time's money, gatinha
Ele nunca me pagô, ô mas que caô

Até que uma mina muito loca me chamô
Me deu uma letra muito loca
Mulherio mulherisma pretarau
Uma pá de coisa é boca-boca

Me agarrei nela e foi mil grau

Saimo andano
Saimo sujano
Saimo dançano
Saimo cantano

Que porra eu vou fazê aqui?
Que porra eu vou fazê aqui?
Vamo botá pra moê é o quê!
Vamo botá fogo é o quê!

3. orí iwaju

*A memória são os conteúdos de um continente,
da sua vida, da sua história, do seu passado.
Como se o corpo fosse o documento.
Não é à toa que a dança para o negro é um fundamento de
libertação.
O homem negro não pode estar liberto enquanto ele não
esquecer
o cativeiro, não esquecer no gesto que ele não é mais um
cativo.*
— *Beatriz Nascimento*

antes
de qualquer ninguém
exu me amou primeiro

exu
eu amo tua rasteira
que me abraça

o gozo
é uma saudade

canção, em lugar de tradução

você se pergunta se estou sozinha:
sim, estou sozinha
como a menina solitária e descalça
em suas roupas ganhadas, suas carnes lanhadas
sonhando com o através, os canaviais
em cima de seu cavalo
que logo já não seria mais seu.

você quer me perguntar se estou sozinha?
sim, claro, sozinha
como uma mãe com sua cria
uma mãe-polvo que não pode deixar nada para trás
porque a cria grita e grita e grita
e os tentáculos nunca podem dar conta
porque uma mãe sempre está sozinha, até na morte

se estou sozinha
a solidão é mulher, é preta, e é tão bonita e é além
acordar, respirar o fumo olhando a janela
como se pudesse atravessar janelas
dormir e acordar
em uma casa-oca com pajaritos fazendo festinhas

se estou sozinha
una hojita despencando lenta

no meio da floresta
tantas árvores, tantos bichos
una hojita, solita
despencando lenta
neste país onde queimam florestas.

diáspora não é lar

leio num livro em árabe a história e a história da poeta
fico martelando, martelando. por que não submerjo e
   escrevo
também pra além e além de minhas avós?

além até mesmo das vovozinhas que invento e furto

vou ao oráculo e olho bem as imagens dessa escritora
viva que se autodefine
brown
um tradutor escreve caramelo
penso em belchior
— sei dizer as sete gerações do meu cão belchior
um tradutor escreve marrom
— lembro dos lápis de cor que não eram "cor de pele"
um tradutor escreve parda
— sei dizer o papel de pão que foi meu caderno na
   alfabetização

que alegria se autodefinir

penso na mulatinha que fui
negrinha quando convinha
birracial, branquela, plebeia
kisses, meghan princess, kisses!

tudo que não sei
sabe a polícia
sabem os caras do censo
sabem os brancos quando não estão matando gente
todo mundo parece saber

afogaram minha casa e minha gente no atlântico?

diáspora não é lar
gritos terríveis
cheiro de pelos de porco sapecando
vai ter carne hoje!
fica feliz a pivetada

aquela fumaça é minha família?

o oráculo não diz se minha casa foi afogada
não diz se minha família foi queimada
não diz das árvores que imagino
tantas e tantas voltas pra esquecer um nome
não diz dos laços que lanham as carnes
as carnes fodidas pra chegar a este branco
um branco coletivo — na pele, na história

gente? atlântica?

diáspora não é lar
não sou neta das bruxas que não foram queimadas
minha avó branca adotou minha mãe preta
minha avó branca espancava minha mãe preta
minha avó branca perdoou seu marido branco
que estuprou uma menina de 7 anos
— até que a morte os separe

impossível escrever dentro d'água
impossível escrever no meio do incêndio

o antes da avó postiça é tudo afogamento, ruína
o antes da avó paterna também
ela só tremia e tremia e tremia quando fugimos ou fomos
    expulsas
— pelo homem branco, marido estuprador
isso tudo é a mesma coisa
diáspora não é lar

Ogiri èkun

violento, delicado
esse corpo leopardo

não há genera que diga
de onde vim

esse chão
preto e vermelho

aqui faço minha linhagem
minha ancestral de mim

estou atrás de uma cortina
recito tão fluentemente

todos os poemas já cantados
de Homero a Pessoa
minha voz é um louvor.

depois falo do universo
de Copérnico a Drake
minha voz é um ensaio espetacular.

então a cortina cai e sou revelada
— como ousou tocá-los?

minha parecença
todos meus tesouros

são renunciados
estão contaminados
ouço

— mas ela sabe se comunicar tão bem
quando crescer vai clarear
vai ser parda, vai ser até bunitinha

ouço, gargalho e giro
fósforos e gasolina
nas mãos

brasa em cio e coice
tinindo, olhando muito negra e pronta
sou uma leoparda em combustão

danço fogo nesses escombros
dona dos dons
plena do dom que exu que me deu

pastoral da ribeira

uma casinha incendiada surge no prédio ao lado
o rio cobre as vigas e pedras e cimento e pó
sob o rio se eriçam casas-lama, a gente pronta e um
    emprego
trilhos e pregos e gente balouçam na casinha incendiada
    ao lado

afunda os pés de brincar co' ua nanã que ri o ferro que
    afunda largo
um afogamento pronto pra uma cidade que nasce com
    sua gente forte
na peneira a colher demora a massa e mofa e demora a
    massa
o fogão de barro submerso no lugar que nasce

acena um oi para a gente que vem incendiada
arde o fogo e a água, a pedra e ferro da gente que vem

olha pra a direita   mais adiante
folhas de palmeira pra palhoça, um pouquinho de amianto
entulho e câncer e as cabritinhas tão bonitinhas ó as
    galinhas
cisca, cisca, cisca

ôôôôôôôôôô
camisas numeradas, regatas largas e de manguinhas

uma cidade emerge submersa
uma ponte metálica de madeira, uma ponte
escaiada caiada com luzinhas pra piscar e muda, muda
olha a novacor de dez em dez segundos

um conjunto habitacional popular a quase 100
    quilômetros
da gente que levanta e nasce uma cidade submersa
sete prediozinhos de três andares pra amontoar a gente
saída de uma favela onde se grita um estádio de futebol

ôôôôôôôôôô

uma cidade surge submersa no prédio ao lado
é tanta gente, é tanta gente e tudo que sente e faz a gente

incendeia, amor

incendeia

kandandu pa'ela

muintas flôle pa lambê cum'miana pele di muler
inda dispois du buxo xeio dos fio quim fazê
lambê os fi tamém

óia, i inté memo ia a apanhá batuque nos lombos:
tudo pesse sinhô banco – aqui fora di terrêro, mi obatalá
    mi xangô!
mim dexá ti chamá ansim "mozamô"

mai inveio naum! num quisi apendele ele
mim linguá kulunguana dizi qui infeio mi petuguêis
esclaviza mia linga cota mia linga

mai mim cala naum
a voz de mia dedos canta
canta i lambi in tua pele mozamô

[um joão]

era imensa a vida
entornava o àiyé quando
estilhaços-luzes me varavam
coração

chore, não, mainha
era ocê que via
enquanto o orun se abria
através dos estilhaços-luzes

pra'eles a espada de ogum
no meu
— o teu —
coração

— E o que farei se tudo isso se perder da
memória sem nunca ter sido entendido?
— Que memória?

Se você esquecer, não é proibido voltar atrás e reconstruir
— Provérbio africano

perder a memória é perder cheiro, língua
comida, riso, chão, tudo que se não sabe qualé

será que entendemos o que foi perdido
para nos trazer até aqui?

desde o não retorno
é estranho voltar
ao meu lugar
lugar onde nunca estive

casa,

ser recebida com a ganhada memória
a irmã, a filha e a mãe, a própria terra

se deixar ao chão preto
ao mato dentro

comer co's dedos junto
como símeis, como amor

eia êh abrir calunga-
pequena calunga-
grande abraçar as malungas
e a nossa volta eia êh

saber o que foi ganhado e feito
em todo caminho e agora aqui
Olukoso, Alado, Asangiri, Alagiri!
eia casa êh!

já fui mais aperfeiçoada
em ausente

era tanto aguamento nos olhos

escorrendo espraiando
espatifando ~ ofò

as palavras soçobram

agora há ainda as
feitas a fuzil

~ ofà

não é preciso mais
que uma flecha

~bem no olho do sol
e o sol sumiu~

uma palavra
bonita

desviando descendo
sem sobrar

nadinha.

tenho me aperfeiçoado
em abiã

de sangue, de mim.

Òyà oriri

> *Obìnrin wóò wi en'i fó igbá.*
> *A rìn dengbere bíi fúlàni.*

pluma no ar
espada na tempestade
brisa na chama
água na ventania

Òyà ariná bora bi aso!

inhame branco
camarão vermelho
banhados em dendê
pra Òyà

colar de contas
roda sua saia
gira ventania
haaaja que o quê

Epa hey Òyà!

forja com teu suspiro
o ar
coragem pr'eu raiar
flecha que acerte

rio & riso
e doma e toma
angu e tristeza
pranto e peleja
sopro beleza-sol
seca mágoa

Ti ndagi lokeloke!

dá vida à madeira
aos fi' de seus olhos
constelações
de gêmeos saturnos
goza no vento
rasga do ventre
joga pro mundo

Òyà oriri
vem co'a brisa chama
vem co'a tempestade
vem co'a espada & água
senhora do níger
mulher-búfalo
destrói o mundo inteiro
destrói o mundo inteiro

Mo jùbá awo Òyá!

você
pode amar
o calor do fogo
sem saber ou entender
como o fogo surgiu
ou que ele pode tornar-
se perigoso
e te queimar

depois que o fogo
queima
você pode achar
que não há
mais nada
para amar
no fogo

você pode querer
ir embora
mas você ama o fogo
você ama
o calor
o ardume

e queima junto

oxóssi uma escala acima

no cerne da semente, a flecha
no eixo do sol, o arco
no âmago dos animais, a miragem
nas matas, velo'amá-lo.

êh lá em casa êh

juntar três pau de ginga
meter rasteira
plantar roseira
êh pau de ginga êh

cavar três terreirão i arremate
subir casinha
afogar gentinha
êh terreirão i arremate êh

soprar três folha de arruda
roer ossinho de menino réi
lamber dedinho de menino réi
êh folha de arruda êh

lamber pedaço de dengo i banzo
tambor a pele mi'a
túnel a goela mi'a
êh dengo i banzo êh

amalocar, aquilombar
aquilombar, amalocar
êh-hhhhh casa-êh

exu kalimbê
pai é tão bunito êh

nas vísceras y sangre gracias
contém tudo em tuas gracias

exu pensa eu
exu tradutor
exu linguagem eu

ninu ifun ati eje mo dupe
ni ohun gbogbo ninu re ore-o̱fe

exu kalimbê
baba are̱wa êh

aquele tipo de mulher
que atravessa o delta
esgarça poemas, meu bem
arregalase, meu bem
goza junto, meu bem
sangra junto, meu bem

estou sangrando, meu bem
e é água encarnada like dark
e é una montana
e é una playa
mango leaves, meu bem

lambo meus lábios
atravesso o delta
sangro junto, meu bem
nessa onda, nessa onda
de calor, meu bem
de va gar de va gar

soy una gorila, meu bem

sei-me a sol
sei-me a sede
sei-me a seiva

sei a água

evelane vestida de peixes

lá vai
evelane vestida de peixes

num vai-e-vem mergulha
toda sal, toda sol

da cor do arco
prata pura
preta al poente

lá vai
evelane vestida de peixes

as vestes brancas
verde-azuis de mar

lavando cabeça
levantando onda
sargaço e concha

lá vai
evelane vestida de peixes

roda ao largo a se alongar
se espalha, se espraia

revolvendo água-sal
ela toda, toda ela
é rainha, é mainha

lá vai
evelane vestida de peixes

embala e bola o búzio
e só se demora dentro

do que não tem hora
 ~ a palma aberta
 da minha mão ~

orisun oro

a queda sempre
em teus peitos
moles amparada
mainha d'água

paraíso escuro
que orí há-de
ver à
subida

como véus
às velas

mareando a fonte
da tua fala

falo de um outro futuro

tinha coração selvagem lá dentro
cova funda, hq, pão pa cumê
pedaços de pedra cachorro
bebê-encantado, amada
mulher pajubá fenomenal do fim do mundo

tenho pressa, vai devagar

tinha pau de ginga, terreirão i arremate, folha de arruda
dengo i banzo, maloca, quilombo
saci-pererê dançava em cima da ruína
a gente fez um pango da diáspora

a pertença é um beiço
o futuro não demora e tava lá dentro
sereno
pra fudê

algumas notas sobre termos em yorubá

- "Ilê", título da primeira seção, significa "casa/ terra"; no contexto de candomblé, os terreiros; já o título da terceira seção, "orí iwaju", é um conceito/visão para além dos olhos e aparências, um componente de ligação com ancestrais e orixás.
- A palavra "orí", que aparece em alguns poemas, significa literalmente "cabeça"; no candomblé é também o orixá individual de cada pessoa, representando a essência real de cada ser.
- "Calunga" foi um termo atribuído a descendentes de africanos escravizados que viveram por mais de dois séculos em quilombos nas regiões auríferas do Brasil, próximos à Chapada dos Veadeiros. A palavra também significa "tudo de bom" nas línguas bantas e "necrópoles" em quicongo. No candomblé a calunga-grande significa "grande mar"/"grande cemitério" (onde tantas pessoas escravizadas foram mortas), que em sua enormidade recebeu os destinos dessas pessoas; calunga-pequena é cemitério físico e limitado, mas também a terra que recebe os corpos que agora são sementes.
- O verso "ilé (re) olóore kì í jo tán" no poema "uma rasura na paisagem" é uma corruptela do provérbio iorubá "ilé olóore kì í jo tán" ("a casa de uma pessoa nunca queima completamente"); a partícula "re" é um pronome possesivo, e modifica ligeiramente o provérbio, que se torna algo como "sua casa alvissareira nunca queima".

- "Mulunga" significa "árvore"; em Angola também significa "ladra/ ladrão".
- "Ogiri èkun" aparece num tradicional oriki de Sòngo (Xangô), e significa leopardo feroz.
- "Orisun oro", literalmente "fonte das palavras".
- No poema "[um joão]", as expressões "àiyé" e "orun" significam, respectivamente, mundo material e mundo espiritual.
- As duas últimas estrofes do poema "exu kalimbê" podem ser traduzidas assim:

"nas entranhas e no sangue eu sou grata/ em todas as coisas em sua graça// exu kalimbê/ pai bonito êh".

- No poema "— E o que farei se tudo isso se perder da memória sem nunca ter sido entendido?", a penúltima estrofe, "Olukoso, Alado, Asangiri, Alagiri!", é formada por palavras que compõem tradicionais orikis de Sòngo (Xangô) e significam, respectivamente: o rei que não se enforcou; aquele que racha pilão; aquele que racha parede; aquele que abre paredes.
- Em "Òyà oriri", a epígrafe é um oriki para Òyà, e pode ser traduzido assim:

"Mulher que se quebra ao meio como se fosse uma cabaça. Ela vagueia com elegância, como se fosse uma nômade fulani."

- No mesmo poema, os versos que abrem as estrofes em iorubá podem ser traduzidos, em ordem:

Òyà ariná bora bi aso: "Òyà do coração coberto de panos"; "Òyà vestida de fogo"

Ti ndagi lokeloke: "crescendo por cima de tudo"; "a que corta a copa das árvores"

Mo jùbá awo Òyá!: "Eu agradeço, orixá Òyá!"

pra terminar, um falatório pra começar

aprendi a ler muito cedo, com uns quatro anos, ainda em casa, numa mediação feita por histórias do meu padrasto, que tinha sido pastor, e da minha mãe, católica apostólica romana não praticante (foi só mais tarde, quando fomos morar na cidade, que um outro mundo religioso-simbólico se abriu pelas palavras de minha tia mãe de santo).

nas casinhas geminadas da fazenda que meus pais e outras pessoas cuidavam, todas as famílias eram iguais (assim como nosso futuro parecia o mesmo); e mesmo depois, na cidade, nos bairros em que moramos, todo mundo era uma *massa única*: negros e pobres. não havia o que se discutir sobre isso, "somos o que somos / cores e valores".

então, aprender a ler foi um movimento de profunda radicalidade para mim, que pensava ser o mundo "a fazenda", e tudo fora dali uma extensão sem-fim de fazendas e narrativas preestabelecidas, muito embora minha intuição já me abrisse outras possibilidades.

lia tudo o que me aparecia e, na escola, finalmente descobri a alegria da minha vida: a biblioteca. encontrei refúgio não só para minha sede de criatividade e conhecimento como também uma cápsula onde me proteger de minha própria aparência — agora sim, muito definida pelos apontamentos, *diferente*.

então, o meu processo de racialização e classialização (!), quer dizer, de me conscientizar e letrar em relação à minha raça e classe foi concomitante à minha leitura e encantamento das palavras e do mundo (salve, Paulo Freire!).

não demorou muito para que, na biblioteca da escola, eu começasse a ler poesia. no final dos anos 1980, em Bonfim Paulista, a única estante reservada à poesia era dividida com alguma outra coisa, como livros em inglês ou algo técnico que a maioria de nós, crianças e adolescentes, nem chegava perto.

eu adorava a estante de poesia, amava aqueles livros dos quais não entendia patavina, mas que soavam tão bonitos, como os punk-rock da gringa que começava a escutar e não entendia, mas gostava, pelo som, pelas batidas que provocavam em meu coração. assim eram os poemas. belos em sua existência de bibelô bem-arranjado na estante. belos com suas palavras vindas de longe, tão longe, lá dos lados do passado, onde para ser poeta as pessoas recebiam um halo divino e eram dotadas de um vocabulário robusto e requintado ao qual só tinham acesso as pessoas muito *diferentes* de mim.

ali na estante se recostava uma única mulher, Cecília Meireles. mas o livro do qual nunca mais desgrudei foi uma antologia de Manuel Bandeira — lembro vividamente das cores amareladas das páginas, da capa com o nome do poeta em letras grandes e sem nenhuma imagem. além de soar bem, eu entendia! meu contemporâneo, um poeta nascido cem anos antes de mim. foi um acontecimento.

ler aquele "pra lá e pra cá", perceber que matéria de poesia é qualquer e toda coisa, perceber que além de sentimentos e de exposição poesia pode ser ficção mudou minha relação não só com a leitura mas também com a escrita. eu escrevia diário, cartas e, descobri então, poesia! mas essa escrita era uma espécie de conversa com um amigo imaginário, ou algo muito íntimo que servia para me organizar e entender. este livro me mostrou que muito do que eu escrevia lograva sim uma comunicação mais profunda: coletiva.

então passei a mostrar meus textos, depois a fazer e trocar zines, mais tarde a escrever num blogue, e finalmente a publicar meus livros.

com os meus próprios livros descobri que, por mais que a escrita me servisse como uma rota de fuga do "mundo real", do adoecimento mental e, portanto, para ficcionalizar, eu não poderia nunca deixar de ser quem sou e que esta mão que escreve aparece no texto. uma mão. uma mão de mulher. negra. periférica. cuir. livre.

por mais que tentasse me afastar de caixinhas — escrevendo textos mais áridos, por exemplo, em *A duração do deserto* — procurando fugir sobretudo de uma ideia de feminilidade (leia-se objetificação), por mais áridos ou não confessionais que fossem, meus textos continuariam saindo da minha mão e algo neles é livre de mim mesma, da minha vontade, e se escrevem como são e como querem. assim como as pessoas sempre vão fazer sua leitura muito pessoal.

no entanto, mesmo compreendendo que não há como fugir de mim mesma, continuava com aquela vozinha insistindo em não confundir poesia com fofoca, com terapia, com jogo de armar e com qualquer coisa que dissesse respeito somente a mim ou a um ou outro conhecido ou alguém que amo.

até tornar ainda mais profundo o meu sentido de comunicação coletiva. vendouvindo Conceição Evaristo dizer que a escrevivência não é um se mirar no rio de narciso, mas se ver no espelho de oxum, quer dizer: encontrar ressonância na coletividade. a minha história é a "história do menino de 14 anos", porque somos *diferentes*, uma *massa única*.

esse entendimento que passa pelo corpo — do que é o cânone, de quem eu sou, de como minha história reverbera em outras tantas e tantas, de como minha escritura organiza e fundamenta meu pensamento e como esse pensamento organizado-fundamentado pela escrita me leva a uma ação, a um estar em comunidade — desembocou aqui, neste livro, uma escrita que vem se descobrindo e se fazendo desde sempre e que agora consegue se dizer: eu sou porque nós somos. Ubuntu.

essa materialização, a escrita mais concreta, se iniciou lá nos idos de 2016, quando conheci o movimento de saraus, com minhas traduções desviadas do paralelismo linguístico e da palavra concreta rumando à crítica literária, os laboratórios de escrita criativa me lançando cada vez mais para uma comunidade.

assim cheguei até este livro, depois de querer compartilhar, de entender eu mesma o que faço: a poema.

***

A POEMA
ensaio-manifesto*

pude perceber bem cedo algumas forças opressivas da linguagem, como quando meu padrasto lia histórias da *bíblia* e as mulheres dos homens não tinham nem nome — como a tão cantada em matéria de poesia *mulher de Ló*. depois eu e minha família nos mudamos da zona rural para a cidade, tinha uns 11 anos, e os homens na rua gritavam "gostosa! vou te [...]", ou numa briga com meu irmão, para me xingar ele gritava "sapatão", como se fosse uma marca de terrível degredo, e eu ficava com aquela cara de "oi?".

então, mais tarde, ao ler Friedrich Engels dizer em *a origem da família, da propriedade privada e do estado* que, antes mesmo da sociedade classista, a primeira forma de opressão que surgiu na face da terra foi a do homem sobre a mulher, foi como rever no espelho a minha casa, a bíblia com a qual fui alfabetizada. e me perguntava: se Marx e Engels tivessem escrito "Proletárias e Proletários do mundo, uni-vos!", esse chamamento não teria sido mais profundo? (ainda que ali em "proletários" as mulheres estejam incluídas.)

---

* Publicado originalmente em: Suplemento Pernambuco n. 157, novembro, 2020, com o título "A poema: caminho para alcançar a própria voz e tantas outras".

e quando estava fazendo uma pesquisa para um livro não foi *com tanto horror* que descobri que dicionários de português do Brasil ensinam, por exemplo, que a costureira é a "mulher que costura amadorística ou profissionalmente, especialmente roupas sociais", enquanto que o costureiro é "aquele que atua profissionalmente na costura" ou "que dirige confecção de alta-costura, criando roupas e acessórios exclusivos e originais, expostos por modelos em desfiles, geralmente glamourosos, cobertos pela imprensa mundial", e que essa mesma dissimetria envolve a dupla lexical cozinheira-cozinheiro; não foi *com tanto horror* porque o dicionário, como o livro de Engels, é mais um espelho: sociedades patriarcais têm línguas patriarcais, assim como sociedades racistas e homofóbicas têm línguas racistas e homofóbicas.

e ainda mais tarde, depois da faculdade de História — onde não estudei História da África, História da Ásia, História pré-colombiana e onde não pude pesquisar meu trabalho de conclusão de curso *pessoas vivendo em situação de rua na cidade de Franca* em 2004, porque não é objeto da história, mas do jornalismo, fui buscar por conta própria y com aliadas uma outra história, de ontem y hoje, y também uma outra linguagem.

***

por volta de 2015 iniciei a escrita de meu livro de poemas *quando vieres ver um banzo cor de fogo*. meu desejo era fazer um livro com poemas eróticos y de amor e, em questões de linguagem, como disse numa entrevista recente, "fazer um experimento mais radical, misturando palavras indígenas (y em dialetos africanos), palavras que não existem, buscando assim tocar de algum modo, se isso é possível, as origens da própria poesia em seu estado selvagem, que é como o amor". assim, já a partir do próprio título, dobrar a linguagem: trazer com a potência do amor, do erotismo y da animalidade positividade ao sentimento "banzo".

no mesmo período estava mergulhando fundo na linguagem e na poesia de Alejandra Pizarnik, que, embora já pesquisasse e traduzisse há uns dez anos, agora o fazia para a dissertação de mestrado, onde apresentei a tradução de sua obra poética completa.

obviamente essas duas pesquisas y escritas se imbricaram de muitas maneiras. uma das chaves da obra de Alejandra Pizarnik é justamente a linguagem, o poder da linguagem e seu fracasso; traduzir sua obra (e qualquer obra, na verdade) é um exercício de transposição criativa de uma língua para outra sem poder deixar de lado a condição de quem escreve; no caso, duas mulheres que escrevem e traduzem desde sua origem: com familiares falando outros idiomas em casa (no caso dela o ídiche, no meu uma mistura de pretuguês c'um italiano macarrônico do tipo Juó Bananère), que fugiam do holocausto ou da servidão; duas mulheres com problemas para falar na infância e que então explodem a fala na poesia.

e foi também em 2015 que conheci o movimento de saraus no Ceará, onde a poesia é sal, a poesia salva! muito embora sempre tenha sentido a poesia como pulsão de vida que nada tem a ver academicismos, encontrar pessoas que vivem a poesia nas ruas y em suas vidas cotidianas e, portanto, acreditam na sua força e a dizem em alto e bom som e transformam suas vidas, transformou a minha e das quebradas todas.

e foi aí que escrevi pela primeira vez *A poema*, possivelmente em 2015, em *"amaluna, amar a poema"*, que incluí em *quando vieres ver um banzo cor de fogo*, a escrevi também na parte teórica e em algumas traduções da minha dissertação — mas é claro, a poema sempre esteve em minha poesia, nesse *estar sem estar sendo* desde meu primeiro livro, *tambores pra n'zinga*, e ainda antes, desse modo selvagem y misterioso que ela tem de entrar.

e nunca mais parei de dizer y escrever *A poema*, que também vem sendo dita y escrita por tantas minas, monas y manos aqui nas quebradas.

e nesse dizer-escrever, muita gente intui (por isso também diz, por isso ri, por isso acha uma besteira). outras tantas têm me perguntado: mas o que é afinal *A poema*?

***

1.

pela cruz, pela espada, pela doença
e pela linguagem se deu a dominação
a língua castra
a língua de um pai, de um estuprador, de uma igreja
    de uma polícia, de um estado, de um genocida
de um passado que é presente e é fascista, racista
    misógino, homofóbico, vidafóbico e é colonial

não se encaixar em partículas totalizadoras
masculinais do poder branco

soltar os punhos
a língua, a linguagem
chamar a ela: ela
e a quem quiser: querer

A poema é um dialeto originário, é um pretuguês, é uma
    gíria

***

poema não é apenas substantivo feminino —

as mulheres estão no centro mas o centro não é único:

o centro
de uma poema
>*é outra poema*
o centro de uma poema
>*é a ausência*
no centro da ausência
minha sombra é o centro
do centro da poema
>(Alejandra Pizarnik; minha tradução)

no centro estão os povos originários (indígenas, negras), sem-terra, sem-teto, não bináries, crianças, animais. no centro, não nas periferias ou à margem —
Ao longo de grande parte da história, a própria categoria "ser humano" não abarcou as pessoas negras e de minorias étnicas. Seu caráter abstrato era formado pela cor branca e pelo gênero masculino.
>(Angela Davis; tradução de Heci Regina Candiani)

A poema é uma devir negra, indígena, selvagem, criança, bicha, sapatão, sem gênero, monstra.

uma devir sem poder mascu-masculinal — mascu, masculinal e não masculino. porque todas as estruturas de poder com seus aparatos que operam para oprimir são mascu--masculinais: a polícia, a igreja, o Estado.

as opressões, para se naturalizarem, se *clarificarem*, passam pela linguagem:

viado!
sapatão!
invertida!
hermafrodita!
macaco!
preta fidida!
mulatinha gostosa!
neguim ladrão!
pé-rapado!
sem-teto!
gorda!
magrela!
selvagem!
café com leite!
criancinha!

recuperar e ressignificar linguagens, mas também criar linguagens. retomar os nomes que tomaram de nós quando nos obrigaram a dar nove voltas em torno de nossas árvores sagradas, contar nossa própria história.

pixaim sim. sapatona sim. y Agontimé, não jesuína, elas y não eles. Oyá y não bárbara y muito menos santa.

até mesmo idiomas que podem usar pronomes neutros, como o inglês, que tem o *they* (*elas/eles*), por exemplo, para incluir os gêneros feminino y masculino, já inventaram seu *folx*, incluindo *verdadeiramente* todas as pessoas com y sem gênero preestabelecido; afinal, quem inventou o they para nos nomear, senão colonizadores?

esta é a linguagem do opressor
e mesmo assim preciso dela para falar contigo
(**Adrienne Rich**; *minha tradução*)

corto também essa linguagem, a usurpo: escrevo.

***

2.

uma máscara branca
chamada cânone
apaga, rasura, silencia

— ainda vivas!

porém não, não, não
queima, queima, queima
o trauma colonial

A poema é uma ferida

**

a cada leitura de monteiro lobato, uma escritora preta deixa de ser lida. a cada leitura de *iracema*, uma escritora indígena deixa de ser lida. e por aí vai...

não incito a queimada de nenhum livro, embora prefira *a queima de papel em vez de crianças* [...] *Eu sei que dói queimar. Tem labaredas de napalm* (Adrienne Rich; tradução de Marcelo Lotufo) y lascas de crack em cada esquina. e se o cânone precisa ser lido, que seja com olhos críticos y ao lado de obras de autoras que contem sua história por si mesmas — escritas desde o sempre não para ser mercadoria, mas porque era urgente ser um corpo além do próprio corpo, ser a poema.

— quem foram y quem são, o que é uma poeta? as que escrevem, que jamais tiveram nada pra vender, mas têm seu corpo escrito — no sempre.

desde o sempre estivemos escrevendo y a vida inteira escrevemos. desde os lugares mais inóspitos y esquecidos, Atlântida, Palmyra, Abissínia; Djibuti, Comores, Belize, Panamá, sei lá, os lugares que não leremos nem veremos nos jornais.

estavam escrevendo os povos originários iletrados, estavam escrevendo os povos pré-históricos, estavam escrevendo as pessoas enquanto eram laçadas, caladas, estupradas, jogadas em navios, em porões, em armários, enquanto eram escravizadas, queimadas, afogadas, assassinadas. escrevendo com as mãos cheias de sangue nas rochas, na terra, nas folhas, nos atabaques, no próprio corpo. escrevendo com a voz que alcança este tempo numa ancestralidade quando leio a margem (centro), as que mancam, as que não têm língua, mas têm essa voz que religa y cria novas raízes y — quem poderá desdizer: o cânone do futuro. todas as vozes.

***

3.

Dandara dos Palmares guerreira negra
se jogou de uma pedreira aos abismos
para não voltar à condição de cativa

não-só

o sem-número de anônimas y desnomeadas
autoenforcadas, envenenadas, afogadas, queimadas
— o suicídio como último mecanismo de resistência

para o além, a ginga, a capoeira, a poesia
aquilombamento

dobrar qualquer mecânica
remontar à história
y traduzir a potência de morte
como potência de vida

A poema é uma voz ancestral

***

uma voz me chega de muito longe, essa voz não me chega
só aos ouvidos: lambe meu corpo, me põe em movimento,
me faz tremer, porque a reconheço de conhecimentos tão

íntimos, antigos y novos. essa voz me busca. a escrevo. ela me escreve. se há coisas que não entendo, meu corpo y coração sabem y sentem bem, suas palavras silenciosas vão se traduzindo no meu sangue, na minha poema. ela não se deixa dizer como uma língua aparente.

muintas flôle pa lambê cum'miana pele di muler
inda dispois du buxo xeio dos fio quim fazê
lambê os fi tamém

[...]

a voz de mia dedos canta
canta i lambi in tua pele mozamô

a língua em que escrevo não é estrangeira, não é minha propriedade, nem eu a sua, não me domina, nem eu a ela. amo a língua como a mãe, a irmã, a filha, a mim. não a violento ao buscar traduzi-la. me volto a ela mesma: língua do corpo, língua da gente.

se a língua da minha ancestral foi cortada, ou se ela cortou sua língua num ato de rebeldia, me volto à sua origem, o antes do corte, o antes da violência:

SUICIDE'S NOTE

The calm,
Cool face of the river
Asked me for a kiss

(Langston Hughes)

NOTA DE SUICÍDIO

A calma,
A face fria do rio
Me pediu um beijo

saber que Hughes é um rebelde, não rasurar a sua própria escrita, porém voltar-me a esse antes do corte:

PEQUENA-MORTE
A calma (esse furor),
A face quente (toda água que cabe aqui)
Não canso de te pedir um beijo.
        (Langston Hughes; minha tradução do antes do corte)

uma tradução de ela-mesma como uma-outra: viva. converso com Dandara, com Langston, co'a poema numa relação de transformação. escrever a poema não para ser outra, ela não quer ser outra, mas para voltar a ser o que foi cortado.

a carne do meu povo ressuscita, sua carne vive pel'A poema e sua tradução; a carne da poema não está terminada ou fechada jamais: está aqui viva para ser buscada, lida, amada, (re)inventada. y redigo: ao nos nomear, (re)existimos.

***

4.

escrever
o que eu quiser
como eu quiser
como vem a mim
a minha linguagem
como chega a mim
a escritura, a escrevivência, a invenção, a poema
ninguém vai dizer que o que faço
é ruim, é menor, não é literatura

A poema é uma afirmativa

***

se por um lado sempre escrevemos, mesmo escondidas, mesmo sob pseudônimos, mesmo que não fosse com símbolos escritos, mesmo que não fôssemos publicadas, por outro lado esses séculos de silenciamento provocaram em muitas de nós a internalização do discurso branco-falocêntrico de que o que escrevemos ou não presta, ou é algo menor, nos levando a assumir vozes ou estilos que não são os nossos, ou a engavetar o que escrevemos, ou pior: a nunca mais escrevermos, como se para escrever a sujeita tivesse que receber um documento: "habilitada/ classificada".

é o que sempre nos fizeram. nossa história é a história do "então, sirvo?", a literatura é mais um "então, sirvo?".

Por que eu escrevo?
Porque eu tenho de
Porque minha voz,
Em todos seus dialetos,
Tem sido calada por muito tempo
(*Jacob Sam-La Rose, via Grada Kilomba*)

é muito importante que retomemos nossas vozes e nosso poder (que não é o poder masculinal), que através de nossas poemas honremos as que vieram antes de nós y deixemos as portas abertas para as que vierem depois. que não tenhamos vergonha de ser quem somos y nem do que produzimos.

você pode considerar que tanta gente já escreveu e escreve sobre todas as coisas que você gostaria. que escrevem *melhor* que você. isso não existe. ninguém jamais em tempo algum poderá dizer o que só você tem a dizer. ninguém jamais em tempo algum poderá escrever a tua poema. porque só você pode. somos únicas y nossas vozes y poemas só podem ser únicas.

Conta a tua história! Para nos ajudar a ficarmos mais fortes.
Conta sobre o mundo que é só teu. Desenvolve uma história. A
narrativa é radical, cria a nós próprias no momento exato em

que está sendo criada. Ninguém vai te culpar se o amor incendeia as tuas palavras, se elas descem em labaredas e nada deixam a não ser a queimadura. Ou se, como a reticência das mãos de um médico, as tuas palavras apenas suturam os lugares por onde o sangue pode ter fluído. Mas tenta. Por nós, e por você mesma, esquece o teu nome na rua; conta aquilo que o mundo tem sido para você, tanto nos bons como nos maus momentos. A linguagem é a meditação.

(*Toni Morrison, trecho do discurso do Nobel; minha tradução*)

acredito piamente que todas nós escrevemos. que pra escrever basta escrever y nem precisa ser alfabetizada em códigos linguísticos. bradar versos num busão é uma poema.

é verdade que nem todas querem escrever, mas a poema não é apenas a escrita, é a arte, y todo mundo faz arte, seja pintando ou cuidando de jardins, como a mãe de Alice Walker. todas nós temos a chama da poema desde que a primeira acendeu uma fogueira y contou uma história, quando cantamos para ninar nossos bebês, quando botamos aquele feitiço enquanto cozinhamos ou bordamos ou pintamos uma parede, amor: poema.

escrever: como se ainda tivesse ânsia de gozar, de me sentir plena, de puxar, de sentir a força de meus músculos, de minha harmonia, estar grávida e no mesmo momento me procurar nas alegrias do alumbramento, as da mãe e as da criança. A mim também me dar nascimento e leite, me dar o peito. A vida chama a vida. O gozo quer se relançar. Outra vez!

(*Hélène Cixous; minha tradução*)

em laboratórios de escrita criativa com mulheres costumo usar esse decálogo para nos inspirar em alguns momentos:

1) escrever: só você pode dizer o que você tem a dizer;
2) abolir o *backspace*, a rasura-crítica que condena, silencia e enterra;
3) guardar as palavras como se guardam as melhores lembranças;
4) fazer diários alheios: como é escrever com um corpo, um desejo, uma realidade que não é a tua?;
5) não tratar as palavras como bibelôs bem-arranjados na estante: parir as palavras, cuidar das palavras, amá-las, deixá-las morrer até que ressuscitem;
6) escrever uma poema de amor sem usar a palavra amor; uma poema sobre o horror sem usar a palavra horror; de alegria sem a palavra alegria etc. etc.;
7) deixar as poemas descansarem;
8) descansar os olhos;
9) não existem poemas ruins, existem poemas que não deram seu melhor; se esta poema está arisca a ponto de te

machucar, abandone-a sem dó; tem milhares de poemas esperando pra te amar de verdade;
10) amar as poemas como a si mesma; você é maravilhosa, poderosa. se ainda não descobriu, vai descobrir. acredite!

escreva. escreva por raiva, por vingança, por amor, por alegria, por tudo! A poema nos põe em contato com o mais profundo y misterioso de nós mesmas. no processo de descoberta y escritura da nossa poema, refletimos, produzimos teoria y descobrimos também quem somos. é empoderador, libertador y amoroso conosco y com nossa história.

se seu ritmo de vida não te permite reservar algum tempo para escrever, escreva no ônibus, escreva no banheiro, escreva entre uma y outra mamada; a poema em sua forma poética breve é uma excelente aliada praquelas de nós que não têm tempo.

Carolina Maria de Jesus escreveu diversos livros nas condições mais adversas. Lima Barreto escreveu diversos livros nas condições mais adversas. Cora Coralina e Conceição Evaristo não deixaram de escrever porque suas vozes não estavam "habilitadas". não importa onde, quanto y como: escreva.

nunca mais laçadas!
nunca mais porões!

nunca mais senzalas!
nunca mais armários!
nunca mais gavetas!
nunca mais silenciadas!
nunca mais caladas!
erga sua voz!
escreva!
publique!

podemos escrever tudo, o que desejamos mais profundamente. A poema é uma feitiçaria, uma arma, uma bomba!

***

5.

se abrir às poemas como se abrem as amantes
para amar
se abrir às poemas como se abrem as crianças
para a brincadeira
se abrir às poemas como se abrem os bichos
para o instinto

A poema é uma selvagem

***

existe uma outra língua, eu a digo y ela me diz, escrevo y ela me escreve: a língua na qual entro y da qual sou feita poeta e *não existe, para mim, nenhuma diferença entre escrever uma boa poema e caminhar pele y pele ao sol, abraçada c'uma mulher que amo* (Audre Lorde; minha tradução).

esta minha língua não tem gramáticas, portanto não me censura. é a minha voz. a respeito, a amo y ela me ama. brincamos de roda y jogos de palavras (particularmente não gostamos dos jogos de armar, aqueles com palavras em um texto onde você se sente uma tonta indigna de entender se não possui phd em linguística aplicada, como se para acessar tais textos fosse preciso uma inspiração do além, quando na verdade se trata de privilégio). brincamos co'as nossas águas y do que ainda não inventamos.

me espreita, me persegue, é feroz. eu também. somos bichos, eu y ela, y grunhimos y gememos y nos mordemos y rasgamos y devoramos. nos amamos mais, o sangue quente assim do riso y gozo.

deito-me com ela. brota de mim como gozo y lambo y me lambuzo y me alimenta. somos uma só. A poema se me escreve, em meus cabelos, em meu cérebro, em meus peitos, em minha carne, em minhas vísceras. eu sou A poema.

assista ao curta *diáspora não é lar*:

FONTES Freight Text Pro e Alverata Irregular
PAPEL pólen bold 90g/m²
IMPRESSÃO Gráfica Assahí, abril de 2025
1ª edição